TEXTO
Cida Simka e Sérgio Simka

Dayana Luz e a
Aula de Redação

ILUSTRAÇÕES
Ligia Camolesi

Copyright do texto © 2022 Cida Simka e Sérgio Simka
Copyright das ilustrações © 2022 Ligia Camolesi

Direção e curadoria	Fábia Alvim
Gestão editorial	Felipe Augusto Neves Silva
Diagramação	Luisa Marcelino
Revisão	Cecília Lúmini

Catalogação na publicação
Elaborada por Bibliotecária Janaina Ramos - CRB-8/9166

S589d
    Simka, Cida

        Dayana Luz e a aula de redação / Cida Simka, Sérgio Simka; Ligia Camolesi (Ilustração). - São Paulo: Saíra Editorial, 2023.
        48 p., il.; 13,5 x 20,5 cm

        ISBN: 978-65-81295-32-5

        1. Literatura infantil. I. Simka, Cida. II. Simka, Sérgio. III. Camolesi, Ligia (Ilustração). IV. Título.

CDD 028.5

Índice para catálogo sistemático:
1.   Literatura infantil 028.5

Todos os direitos reservados à Saíra Editorial

◎ @sairaeditorial   f /sairaeditorial
⊕ www.sairaeditorial.com.br
◉ Rua Doutor Samuel Porto, 411
   Vila da Saúde - 04054-010 - São Paulo, SP

"A influência de um professor é eterna. Nunca se pode prever o seu alcance."

Henry B. Adams

Mais uma vez, fiquei olhando para a lousa.
Na verdade, para o que estava escrito nela.
E toda vez sentia a mesma coisa.
Uma sensação de pânico me fazia querer sair correndo.
Para bem longe daquela aula.

Ah, desculpa, me esqueci de me apresentar: sou a Dayana, tenho dez anos e odiava quando a prô pedia redação para fazer e, principalmente, quando escrevia na lousa com letras enormes. Será que ela não tinha noção de que a gente sabia enxergar muito bem?

Aff!

Mas... continuando...

Até que eu tenho várias ideias. Algumas bem interessantes, muito legais, pois sou apaixonada por leitura, sabe?

O problema era que elas SIM-PLES-MEN-TE fugiam quando dona Marília começava o seu ritual enigmático.

Sim. Ritual. E enigmático.

Vocês chegaram a conhecer alguma professora que também tivesse algum hábito esquisito?

Para vocês verem como a nossa prô era pra lá de estranha: ela tinha o costume de andar pela sala, enquanto a gente tentava escrever a nossa redação, como se, sei lá, estivesse procurando alguma coisa.

Jamais entendi por que ela agia daquele jeito.

Passava de carteira em carteira.

Len

ta

men

te.

Bem devagar.
Ninguém levantava a cabeça.
Todos pareciam escrever.
Ou fingiam escrever.

Eu tinha quase certeza de que a nossa concentração, naquelas horas, ficava mais ligada nas atitudes da prô do que nas ideias da gente.

Ninguém queria ser pego em flagrante.

Por qualquer coisa que não tivesse feito.

E ser o alvo da prô.

E o alvo recaía, afinal de contas, sempre na mesma pessoa.

Ela parava numa carteira.
A pobrezinha da Rebecca parecia deixar de respirar.

Andava mais um pouco.

A gente podia ouvir a outra prô gritando com os alunos lá na outra sala.

Aqui se fazia um silêncio...

Como era mesmo a expressão que li?

Um silêncio sepulcral.

Parava numa outra.

A Bárbara nem se mexia, exceto por sua mãozinha, que apertava tão forte o lápis que eu achava que fosse quebrá-lo.

Chegava perto de outra carteira.

Pegava um papel do chão e, fazendo uma cara ainda mais de bruxa, colocava sobre a carteira do Renê.
Ele ficava que nem estátua, nem respirava, parecia que ia sofrer um ataque a qualquer momento.
Eu sentia muita pena dele.

Lembro que cheguei, numa ocasião, a olhar para trás, rapidamente, e vi o Jorginho esconder um sorriso.

Devia ter sido ele quem havia jogado o papel para que o Renê levasse a culpa.

Eu não tolerava injustiça e...

Só tive tempo de abaixar a cabeça.

Dona Marília se aproximou da minha carteira.

Ficou uma eternidade parada.
Eu nem levantei a cabeça, que ficou quase sobre o caderno.
Detestava quando ela fazia isso; aliás, ela sempre fazia isso.
E eu era sempre o alvo da prô.

Mas o pior mesmo era a maneira de ela falar:

— E aí, florzinha, não vai escrever a redação? O tema é bem fácil: minhas adoráveis férias.

Mais que o tema da redação, odiava quando me chamava de florzinha.

Por acaso, ela havia se esquecido de como era meu nome? Não tinha tantos alunos assim na classe. Se ela, por alguma razão, não se lembrava, era só me perguntar ou perguntar perto do ouvido de algum colega meu. Era pedir muito?

Dayana Luz. Muito prazer.

Eu nem respondia. O medo que eu tinha dela fazia eu me esquecer completamente de tudo.

Das minhas adoráveis férias que não tive.

Até de quem eu era.

Continuou sua ronda.

Ao se aproximar de uma janela aberta, achando que ninguém estivesse vendo, dona Marília cuspiu um catarro verde nojento.

De onde eu estava, pude enxergar a cor. Argh!

Lá fora, soltaram um palavrão que eu nunca havia escutado na minha vida... acho que alguém tinha sido atingido pelo catarro verde nojento da prô.

Limpando a boca com as costas da mão e fechando a janela, dona Marília parou em outra carteira.

A Suzelen só não desapareceu porque não tinha poder para tal. Acho que ela sentia mais pavor da prô do que eu, porque começou a suar. Suar muito.

Eu via grandes gotas de suor caindo sobre o caderno.
Fechei os olhos. Acho que tentei rezar.

Quando abri de novo, dona Marília havia se materializado de repente do meu lado. Que nem um fantasma.

Preferiria topar com um de verdade ou encontrar com qualquer espectro a ver a prô assim, bem do lado da minha carteira.

Pior que a assombração começou a falar comigo:
— Deixe-me ver o que você conseguiu escrever, florzinha.

Quis morrer, principalmente porque acho que ela percebeu que eu estava vigiando seus passos.

Por sorte, tinha escrito algumas palavras, entre uma espiada e outra.

— Humm, você sabia que "paralisar" se escreve com "s" e não com "z"?

Err. Lógico que eu não sabia, do contrário teria escrito da maneira correta. Foi um "deslise", ops, deslize. Ha, ha, ha!

Tive a impressão de que falou mais alto do que normalmente falava.

O tom quase feriu meus tímpanos. Desejava tapar os ouvidos com as mãos.

Nem respirei. Acho que estava ficando roxa.

— O que você quis dizer com "Eu me paraliso diante de você"? Não entend

Dona Marília balançava a cabeça de um lado para o outro. Parecia que a prô estava sendo vítima de um mal súbito. Ficava cada vez mais vermelha quando seu olhar ia do meu caderno ao meu rosto e fazia o percurso inverso.

Várias vezes.

Acho que eu ia desmaiar. Não respirava fazia um minuto e meio.

— E, por acaso, o que essas palavras têm a ver com o tema da redação?

Mais quinze segundos.

A prô insistia:
— Poderia fazer a grande gentileza de me responder, florzinha?

Antes que eu finalmente desmaiasse, ouvi um zumbido que chegou aos poucos até o meu ouvido.

— Quero ver a redação de vocês amanhã de manhã na minha mesa — gritou dona Marília, quando o sinal tocou.

Ao me levantar da carteira, me recuperando do estado de quase morte, dona Marília me lançou, não sei por quê, um olhar que teria a força de congelar o verão.

No dia seguinte, após o sinal, todos os alunos prenderam imediatamente a respiração, quando viram a porta da classe se abrir.

Como de costume, ela passaria de carteira em carteira recolhendo as redações, colocaria todas num armário perto da mesa dela, cheio de outras dezenas de folhas, iria até a lousa, escreveria sem parar a manhã toda e...

Intervalo.

Tínhamos poucos minutos de intervalo, apenas o tempo necessário para irmos ao banheiro e à cantina, comprar algum lanche gorduroso ou um refri de marca duvidosa.

Após o intervalo, daria outro tema de redação.

E o ritual começaria de novo.

Surgiu até uma ideia para o meu primeiro livro, para quando, mais tarde, eu aprendesse a escrever: Ritual macabro.

O pensamento de repente desapareceu quando vimos a prô entrar.
Ninguém acreditou.
Não era a dona Marília!

Mas se parecia muito com a prô.
Ou será que era o fantasma dela, que veio nos assombrar?

— Bom dia, crianças!
Ninguém respondeu.
— Puxa, é assim que recebem a nova professora de vocês?
Silêncio.

Acho que permanecemos com o bico fechado durante uns dois minutos. Todos avaliavam se a presença à nossa frente era real ou não.

Até que a Elzinha, que entrava muda na sala e saía calada, colocou os pulmões para fora:

— Viva! Estamos salvos!

E a comemoração só não avançou o intervalo porque a diretora entrou pisando fundo:

— Posso saber o que está acontecendo? Silêncio, por favor, criançada! Eu deveria ter apresentado a vocês a professora Marluce, mas estive ocupada assinando uns papéis.

O pessoal foi se acalmando aos poucos.

— A dona Marília, quer dizer, a professora Marília passou muito mal ontem à tarde e precisou ser internada às pressas...

O povo da nossa sala ia comemorar, mas o olhar da diretora fez todo o mundo ficar na sua.

— Aí tivemos de chamar a nova professora, que irá substituir a dona, quer dizer, a prô, ou melhor, a professora Marília.

Todos bateram palmas.

— E já vou avisando: o primeiro engraçadinho que não respeitar a professora Marluce vai ter uma longa conversa comigo, entenderam?

Ninguém soltou um pio.

Entenderam? — repetiu a pergunta.

— Sim, dona Dalvina.

— Pois bem. Professora Marluce, a classe é toda sua. Boa sorte!

Quando a diretora saiu, em vez de nova algazarra, ficamos aguardando...

Um único pensamento povoava nossas cabeças: será que a nova prô seria como a dona Marília?

— Bem, crianças, temos ainda um tempo antes do intervalo. Gostaria de conhecer cada um de vocês; por isso, quero que cada um diga seu nome, conte se gosta de ler e cite o último livro que leu. Quem quer começar?

Após a gente retornar à classe, a prô perguntou:

— Estive consultando as pastas de atividades e não achei nenhuma redação. Será que vocês...

Antes de a prô completar o seu pensamento, eu me levantei, fui até o armário perto de sua mesa e, num gesto meio que exagerado — teatral? —, escancarei a porta.

A prô arregalou os olhos quando viu o dilúvio
de papéis cair no chão, inundando a sala.

Então ela se abaixou, pegou algumas folhas, levantou-se
de novo, sentou à sua mesa e começou a ler.

A gente olhava para a prô com a respiração suspensa.

Acho que o povo da nossa sala esperava algum tipo de reação, que a prô dissesse algo, que fizesse alguma coisa.

E o que ela fez mudou completamente a nossa ideia sobre a aula de redação.

— Bem, crianças, a nossa forma de trabalhar será bem diferente a partir de agora e...
Não completou.
Então, a prô se dirigiu até a lousa e escreveu com uma letra muito bonita uma frase que eu demorei a entender, enquanto a gente olhava admirado.

— A partir de hoje, vocês vão me entregar uma pequena redação na qual vão falar sobre a vida de vocês, vão poder escrever tudo aquilo em que estiverem pensando, contar o que andam sentindo, o que fizeram, o que pretendem fazer e muito mais. E eu vou ler cada uma das redações de vocês com enorme satisfação, pois sei que cada um aqui tem um grande talento para escrever. Não precisam acreditar em mim agora, mas vocês mesmos vão poder ver o que estou falando.

E, voltando-se para a lousa, leu o que havia escrito:
— Escrever é dividir sonhos.
Todos os olhos estavam fixos na prô.

— É o que vocês, de hoje em diante, vão fazer. Dividir sonhos. E, para poderem dividir sonhos, vão começar a contá-los por escrito, pois acredito que cada um tem um sonho bem legal, algo que deseja muito pôr para fora, expressar aquele sentimento que está lá bem no fundo do coraçãozinho de vocês.

Tomou um grande fôlego.

— E ninguém, nunca mais, vai ficar paralisado diante de qualquer pessoa; e, principalmente, quando você estiver com uma folha em branco, ela será o seu passaporte para a liberdade.

A prô terminou de falar.

Os olhos de todo o mundo estavam cheios de água.
Os meus transbordavam encantamento e felicidade.

Os
AUTORES

Cida Simka é licenciada em Letras pelas Faculdades Integradas de Ribeirão Pires (FIRP) e autora, entre outros, dos livros *O enigma da velha casa* (Editora Virapuru, 2016), *Horror na biblioteca* (Editora Verlidelas, 2021) e *O quarto número 2* (Editora Virapuru, 2021). É colunista da revista *Conexão Literatura* e apresentadora do programa "Nóis sabe português" na TV Cidade de Santo André (https://www.tvcsa.tv.br/nsp/).

Sérgio Simka é professor universitário desde 1999 e autor de mais de seis dezenas de livros publicados nas áreas de gramática, literatura, produção textual, literatura infantil e juvenil. Idealizou, com Cida Simka, a série *Mistério*, publicada pela editora Virapuru. É colunista da revista *Conexão Literatura* e apresentador do programa "Nóis sabe português" na TV Cidade de Santo André (https://www.tvcsa.tv.br/nsp/).

A
ILUSTRADORA

Ligia Camolesi é ilustradora e *designer* formada pela ESPM-SP. Já ilustrou mais de quinze livros para várias editoras brasileiras, além de ter recebido prêmios por seus trabalhos pela ESPM. Em 2022, apresentou um artigo sobre usos da linguagem visual em ilustrações de livros infantis no 14º Congresso Brasileiro de Pesquisa e Desenvolvimento em Design, o mais reconhecido do Brasil na área. Sempre gostou de desenhar e de inventar histórias e, com sete anos de idade, já criava livrinhos ilustrados. Gosta muito de utilizar diversas técnicas em seus trabalhos, tanto tradicionais (aquarela, lápis de cor, colagem) quanto digitais.

Esta obra foi composta, para dividir sonhos, em Patrick hand, Sacramento e Amatic SC e impressa em offset sobre papel offset 150 g/m² para a Saíra Editorial em 2023